歌集

月あかりの下
僕は君を
見つけ出す

Hamana Ayuko
浜名あゆこ

文芸社

月あかりの下
僕は君を見つけ出す

目次

偶然讃歌

偶然を装う二人のあまりにも不自然な距離不自然な訳

「信じてる」一方通行約束の成立されている手紙のなかみ

見たことの無きこと言えぬまま見たと決め付けられる「パルプ・フィクション」

金曜の夜は必ず空けといてジョン・トラボルタを人質に取る

「束縛がないからいいね」褒めるように念を押されている帰り道

「今日会えば明日も会いたくなるだろう」だからって今日も会わないというの？

それとなく彼女のことを確かめてそれとなくキスをせがんでおりぬ

「帰るな」と言われてみたい我もいて帰るしかないことを知る午後

何もかも消えてしまえとボリュームを上げて聞けども山崎まさよし

食べ頃を過ぎたりんごの冷蔵庫一人勝手に腐ってゆけり

東京の君より届く都会色したTシャツの我に似合わず

一日中あなたのことを考えているわけじゃない大バカ野郎

どうしても今伝えたいことがあり例えばカレーの辛さのことも

空を飛ぶ

思いを語ることを忘れた少女らの唇艶やかに光りおり

短ければいよいよ苦しくなっていく煙草・スカート・君との距離も

ブランドのもので覆って悟られぬようにしている心の値段

投げ捨ててしまえば煙草も人生も同じものだよ君が呟く

矛盾には誰も答えを出さないで講義で問題集広げおり

どうやってサボるかばかりを考える講義で教師の資格を取れり

結局はどちらも違っているような気がする講義も問題集も

語尾上げも厚底も隠す面接で本当の吾はどこにありしか

せめてあと一日あればと言いながら今日という日を無駄に過ごせり

髪の色スカートの丈で分類をしている教育学部の本音

一枚の重みと換えられてしまうか我の生き様履歴書として

言えないのではない言わぬことのみを心に決めた少女らは今
飛び降りた記憶をここに思い出すただ一度でも羽根が欲しくて

いたずらに鳴りし電話を何回も何回もとる木曜の夜

アドレス帳季節はずれに新調す予定は全てリセットにして

梅雨空の合間のような恋をして曇り時々雨女なり

肩の荷が下りたようなるこんな日は誰もが我を忘れたような

安売りのされおりプラダの店員は額にじっとり汗を滲ませ

空を飛ぶ羽を持たねど世の中は何とかなるってことなんでしょう

緑の風

ペアグラス手からするりと床に落つ最後のカタチを壊しておれり

高速を走る会話もなきままに夕暮れてゆく空に向かって

今日ここに去る君のことを想う日の思い出となる最後の握手

吾の知らぬスペインへ吾を連れ出した世界地図・君の瞳・絵葉書

君の瞳に映るセビーリヤの空に繋がる空を我は見ている

会いたくてあなたに会いに行きたくて見送る飛行機雲の切れ端

完成をまだ見ぬ塔の完成を見ている二人の中の時間に
見てごらん空に届いているからと君が言うならそうなのだろう

吾の知らぬ君を探しにスペインへ行こう緑の風に乗れたら

ツーアウト

九回の裏にあなたを告げる文字空に優しく光放てり

ナイターの球場に響く声援を一身に受けて立つグラウンド

制服の少女はグラウンドの君を深き眼《まなこ》でみつめておれり

守らねばそうせねばならぬ生きモノとしてある君はピッチャーとして

かつて吾を抱きしめたその体から放たれる時速百二十キロ

先制をすればやがては守るため過ごす残りの苦しさのあり

フェンス越し見つめる君の目の中に私は映らぬままここを去る

九回を投げる最後の一球に二人の明日を委ねておれり

長崎

じりじりと我を睨むな湧き上がる叫びは声にならない声で

諫早に干潟がいつかあったって言うなよおとぎ話みたいに

太陽が僕らの敵になってゆく本当の敵は見えないままに

水面を隔てる鉄の塊のコスモスに化けて立つ干拓地

空の青海の青さよ慰めてくれるな二度と出会わぬのなら

午前二時長崎の街を眺むれば地にも空にも星の光りぬ

今日もまた新聞配達人見えぬ待ち人のために走る坂道

おかえりと迎えてくれる人がいて長崎もまたふるさととなる

寄せ返す波に流せば忘らるるそんな小さなことなどすぐに

逃げるようにして来る私の心さえお帰りなさいと海は迎えり

街角銭湯

歩けばそこに五分足らずの銭湯のありて「極楽湯」と名を持てり

豊満と呼ぶには少し違うかも知れぬ女の腹の出具合

金曜の習慣となり銭湯のあとのポカリをひとり飲み干す

週末を誰に捧げることもなくバラの香りの石鹸を出す

水面にはあなたに見せたい体かなそっと隅々まで映しおり

子を守る母の姿の美しき垂れた乳房を隠しもせねど

露天風呂見上げたそこに広がりし空の深さにひとつ身震う

束の間

おまえには任せられないよといわれながら二人で並ぶキッチン
おいしいと噂のアイスクリーム屋を探せば甘い二人の会話

膨らみを触りてやまぬ君の手の太きに心熱くなりゆく

甘い甘いぶどうの粒をほおばるようなあなたはそんな顔をしている

セックスをした後の君のこの胸の高鳴りが好きひとつになって

重ね合う鼓動ひとつになる夜更け明日を持たない二人としても
やすらかな寝息をたてる吾の胸に顔をうずめて赤子のごとく

なにもかもあずけたように目を閉じるあなたをそっと殺したくなる

足跡

変わらない僕と変わってゆく君の足跡だけを残す白浜

夢の中君にもらったラブレター読まずに覚めてよいか悪いか

もう二度と重ねるはずない唇に愛ひとしずく残し消ゆ君

僕のものになればいいのに抱き締めるほど離れてゆく君よ　君よ

寄り添ってなければ生きられぬ君の名前はハワイアンクリーナーナース

友達でいられたらなんて言うもんじゃない口づけを交わした後で

抱き合えばいよいよわからなくなって顔も形も名前も声も

むなしくも君は抱かれている僕に愛も確かめられないままに

もう二度と逢うはずもない君と僕との間に交わす「またね」という嘘

これから

約束はいくつ交わしてきただろう叶わぬことを知っていながら
潔い散り際桜の魅力と言う君の手を離せぬ私の前で

まさかって思うでしょうねこんなところで別れ話をしているなんて
まるで初めて見たかのように驚いて今日の夕陽を君と見ている

乱暴にカギを返したことなどをふと思い出す三日月の夜

目の前のあなたは私を呼ばぬまま口づけそして脱がせておれり

あなたという人をこの世の悪者として別れましょう今宵限りで

結婚と言う語がいよいよ現実としてある「九州ゼクシィ」捨ており

あの時に「好きだ」と言えばよかったな二度と会えなくなった今では

帰り来て君の戻らぬ部屋に着く普通のこととしてこれからは

あとがき

歌は気まぐれで、曖昧で、何かに囚われているかと思えば時々心を離れ、私を離れます。特に月のキレイな夜は疼きだして、どうしようもないらしいのです。

やりたいこととやらなきゃいけないことは、必ずしも同じではなくて、ずっと心は揺れています。確かに精一杯生きているはずなのに、やらなきゃいけないことをやらないばかりに、臆病で、弱虫で、どうしようもない私だと決め付けられているのです。誰のために、何のために、誰が決めたことなのかなんてわからないまま、自分を偽り、隠し、嘘で塗り固めています。そうするうちにわたしは私でさえ、本当の自分に出会えなくなってしまいました。歌を歌い続けていれば、もう一度出会えるでしょうか。

優しく包み込んでくれるところや、必ず満ちるその力や、決して手を伸ばしても届かないところまで、月によく似た、いつかのあの人に。そしてそのときの私に。それはきっと明日に繋がる私。

生きる力を与えてくれる、たくさんの皆さんに感謝します。

二〇〇二年秋風の頃

浜名あゆこ

著者プロフィール
浜名 あゆこ（はまな あゆこ）
1978年生まれ。熊本県天草町出身。
熊本県立宇土高等学校卒業。
長崎大学教育学部卒業。
祖父の勧めで18歳より短歌を詠み始める。
現在、NBC長崎放送「UPるトゥデイ」で
レポーターを務める。長崎市在住。

歌集 月あかりの下 僕は君を見つけ出す

2003年1月15日　初版第1刷発行
2003年2月25日　初版第2刷発行

著　者　浜名 あゆこ
発行者　瓜谷 綱延
発行所　株式会社文芸社
〒160-0022 東京都新宿区新宿1－10－1
電話 03-5369-3060（編集）
03-5369-2299（販売）
振替 00190-8-728265

印刷所　株式会社 ユニックス

ISBN4-83355-5083-8 C0092